Pokémon™

Retour à Johto

LES LIVRES DU DRAGON D'OR

EUPHORIE GÉNÉRALE

Ce matin, les Pokémon se retrouvent en grand nombre aux abords de la forêt et ils sont tous très excités. Chacun a entendu parler du grand tournoi, organisé à Johto cet après-midi, et il n'y a pas un seul Pokémon qui ne veuille y participer. L'ambiance est à l'euphorie et, avant l'effort, tout le monde s'amuse et se détend près de la rivière.

Retrouve :

7x Kaiminus

x6

PASSAGE EN VILLE

Les Dresseurs décident de rejoindre la ville la plus proche pour emmener leurs protégés dans un centre Pokémon. Rien ne vaut un petit entraînement pour se préparer au tournoi. Mais ils ne sont pas les seuls à avoir eu cette idée ! Quelle foule ! Il y a de quoi y perdre son Héricendre !
Mais au fait… les Héricendre, où êtes-vous ?

Retrouve :

6x Héricendre

x3

PANIQUE AU CENTRE !

**Bien entendu, au centre Pokémon, c'est la même pagaille ! Les Dresseurs voudraient que leurs petits combattants soient au meilleur de leur forme, mais il est difficile de les tenir tranquilles quand ils sont tous réunis…
À peine détournent-ils les yeux que leurs Pokémon sont introuvables, cachés parmi la foule !
Mais d'ailleurs, où sont passés les Pikachu ?**

Retrouve :

6x Pikachu

x7

LE TOURNOI NOUS ATTEND !

Non sans mal, nos amis reprennent finalement la route pour le grand tournoi. Johto est une région magnifique et la forêt qu'ils traversent en est un bel exemple. Mais les Pokémon sont bien trop occupés à faire les pitres pour apprécier le paysage !
À ce propos, nous avons encore perdu quelques Germignon, où sont-ils donc ?

Retrouve :

6x Germignon

x4

RENCONTRES AQUATIQUES

Sur le chemin vers le tournoi, nos amis font une rencontre inattendue. Ils ont le plaisir d'apercevoir des Pokémon aquatiques, près d'une jolie rivière. Mais, attention à ne pas perdre de vue ses Pokémon, qui ne manquent pas une occasion pour se cacher !

Retrouve :

Insolourdo **Noctali** **Qwilfish** **Caratroc** **Snubbull**

x4

LA PRESSION MONTE

Nous sommes enfin arrivés à destination et Sacha est parti inscrire Pikachu au tournoi. Pendant ce temps, aux abords de l'arène, la tension est électrique et il ne faudrait pas grand chose pour que les combats commencent à l'extérieur ! Calmez-vous, les amis, gardez vos forces pour la surface de combat !

Retrouve :

LE GRAND TOURNOI

Quel spectacle ! Les combats s'enchaînent et sont plus passionnants les uns que les autres. Les participants, bien entraînés, sont tous à la hauteur et le vainqueur ne pourra qu'être un vrai champion ! Mais attention, les Pokémon de cette valeur attirent les envieux… et la Team Rocket n'est jamais loin : ouvre l'œil !

x7

LA FÊTE DU VAINQUEUR

Le tournoi est terminé et Sacha peut être fier de son protégé : Pikachu a été époustouflant ! Il est porté en triomphe par ses amis et une fête s'improvise en son honneur à l'extérieur du stadium.
Bravo, Pikachu, cette victoire est bien méritée ! Quelques Zarbi, très curieux, sont venus rencontrer le nouveau champion.
Les as-tu vus ?

Retrouve :

6x Zarbi

x6

Tu as accompli toutes les missions et retrouvé aussi toutes les Poké Balls ? Alors tu es prêt pour ces deux nouveaux défis réservés uniquement aux Maîtres Pokémon exceptionnels !

Le défi des légendaires

6 Pokémon légendaires se sont cachés dans les pages de cette aventure, sauras-tu les retrouver ?

Le défi suprême :

Pendant l'aventure, Sacha a laissé tomber son Pokédex qui lui permet de répertorier des informations et de tout savoir sur les Pokémon. À toi de retrouver où il a été perdu...

LUGIA

On dit que ses battements d'ailes peuvent provoquer une tempête de 40 jours. Pour dormir, il se réfugie dans une faille au fond des océans.

Type : Psy-vol
Capacité Spéciale : Pression
Taille : 5,2 m
Poids : 216 kg

HO-OH

Les jolies plumes de ce Pokémon comptent sept couleurs.
On prétend que sa vue apporte la joie éternelle.

Type : Feu-vol
Capacité Spéciale : Pression
Taille : 3,8 m
Poids : 199 kg